全国机械行业高等职业教育"十二五"规划教材

高等职业教育教学改革精品教材

模具识图与制图习题集

主　编　林　胜　麦宙培

副主编　黄　诚　顾永红

参　编　李　旭　朱向丽　黄政艳　梁必强

主　审　陈　勇

机械工业出版社

本书是机械工业出版社出版的《模具识图与制图》教材的配套习题集。本习题集是校企合作的产物，由具有丰富教学经验的一线教师和企业中的资深行业专家合作编写而成，作为校本教材已使用两年，成效显著。全书习题经过精心挑选及组织，题型及内容丰富，既有传统的制图基础训练，也有来源于模具生产的真实案例识图训练。本书内容包括：了解制图标准及绘制简单图样，绘制基本几何体视图，绘制及识读组合体视图，绘制轴测图，识读零件的常见画法，标准件和常用件的特殊画法，绘制及识读模具零件图，绘制及识读模具装配图，识读第三角画法。本书可作为高职高专、中职院校模具设计与制造专业、数控技术专业学生的制图练习教材，也可供有志于加入模具与数控行业的社会人员学习使用。

　　本习题集有配套答案（二维图形答案及对应的立体图），如需要《模具识图与制图习题集》答案，请登录机械工业出版社教材服务网 www.cmpedu.com 免费下载。

图书在版编目（CIP）数据

模具识图与制图习题集/林胜，麦宙培主编. —北京：机械工业出版社，2011.7
全国机械行业高等职业教育"十二五"规划教材　高等职业教育教学改革精品教材
ISBN 978-7-111-34626-5

Ⅰ.①模…　Ⅱ.①林…②麦…　Ⅲ.①模具-机械图-识别-高等职业教育-习题集②模具-机械制图-高等职业教育-习题集　Ⅳ.①TG76-44

中国版本图书馆 CIP 数据核字（2011）第 090631 号

机械工业出版社（北京市百万庄大街 22 号　邮政编码 100037）
策划编辑：崔占军　边　萌　责任编辑：边　萌　杨作良　责任校对：张玉琴
封面设计：鞠　杨　　　　　责任印制：乔　宇
北京瑞德印刷有限公司印刷（三河市胜利装订厂装订）
2011 年 7 月第 1 版第 1 次印刷
260mm×184mm・9.25 印张・117 千字
0001-3000 册
标准书号：ISBN 978-7-111-34626-5
定价：18.00 元

前　　言

　　本书是机械工业出版社出版的《模具识图与制图》教材的配套习题集。本习题集是广西机电职业技术学院与广西金达机械股份有限公司进行校企合作的结晶。具有丰富教学经验的一线教师和企业中的资深行业专家通过深入调研，精选出工作过程中的典型案例，并充分汲取了模具制图教学在多年探索培养高等技术应用型人才方面取得的成功经验与教学成果，经认真的分析和研讨编写成了本习题集。全书按最新机械制图国家标准编写，习题内容丰富，既有注重以培养空间想象力为主的制图基础训练，也有来源于模具生产实际的典型案例训练。选题先易后难，以必需、够用为度，突出识图与制图能力的培养，题型丰富，内容完整，覆盖面广。

　　为了便于使用，本习题集的编排顺序和内容与配套教材一致。

　　本教材由林胜、麦宙培担任主编，黄诚和顾永红担任副主编，李旭、朱向丽、黄政艳、梁必强为参编，陈勇教授担任主审。本书在编写过程中得到了广西金达机械股份有限公司和广西机电职业技术学院相关领导和同行的大力协助，在此谨表诚挚的感谢！

　　本习题集还有配套答案（二维图形答案及对应立体图），采用本书作教材的院校教师，如需要《模具识图与制图习题集》答案，请登录机械工业出版社教材服务网 www.cmpedu.com 免费下载。

　　由于作者水平有限，书中难免有缺点和错误，敬请广大读者批评指正。

编　者

目　　　录

项目一　了解制图标准及绘制简单图样

1-1　把下图抄画在右边空白处。

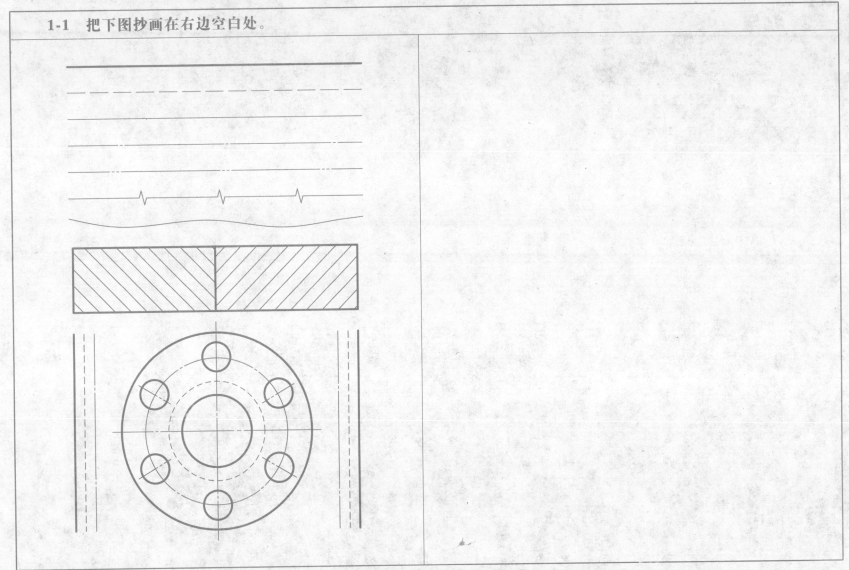

1-2　字体练习。

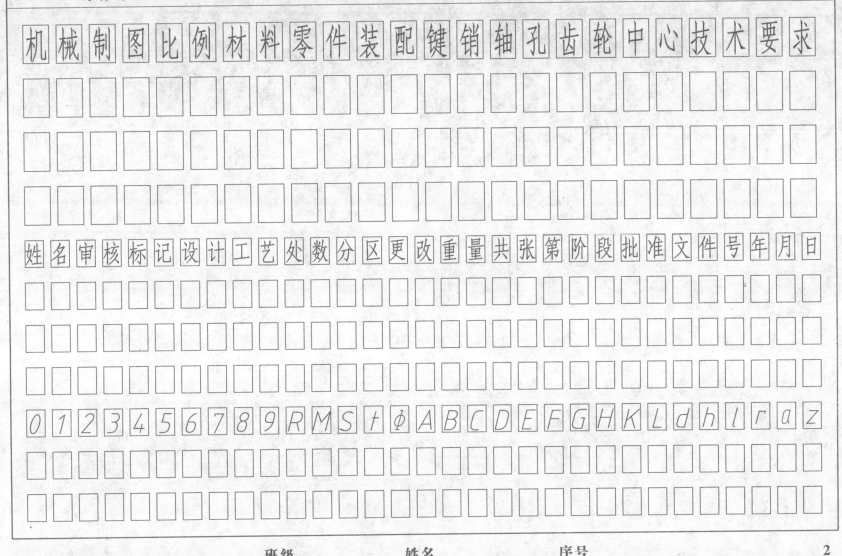

机械制图比例材料零件装配键销轴孔齿轮中心技术要求

姓名审核标记设计工艺处数分区更改重量共张第阶段批准文件号年月日

0 1 2 3 4 5 6 7 8 9 R M S t φ A B C D E F G H K L d h l r a z

1-3 标注尺寸（尺寸按 1:1 从图上量取，取整数）。

（1）

（2）标注圆或圆弧的直径或半径。

1-4 **按右上角的图例绘制图形。**

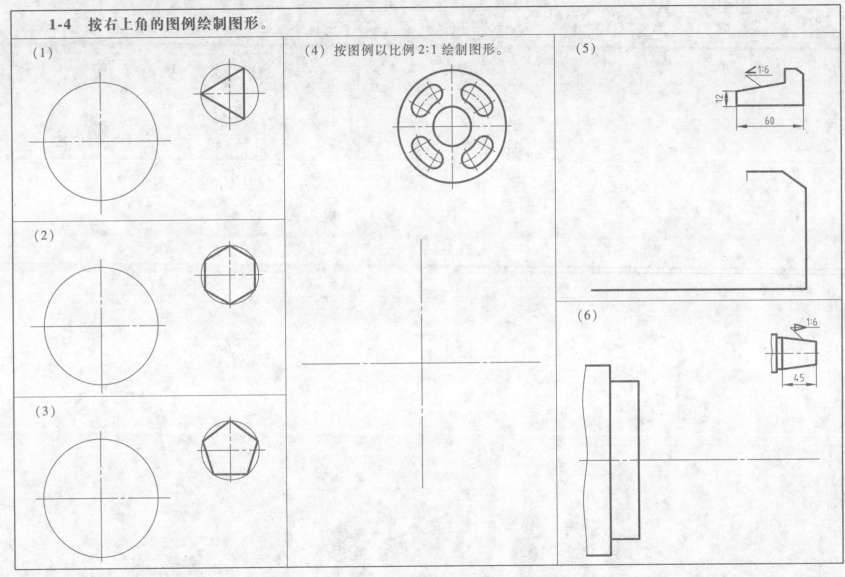

（1）

（2）

（3）

（4）按图例以比例 2∶1 绘制图形。

（5）

（6）

1-5　按给定图形，完成线段与圆弧的连接（比例 1:1），标出连接弧的圆心和切点。

（1）

（2）

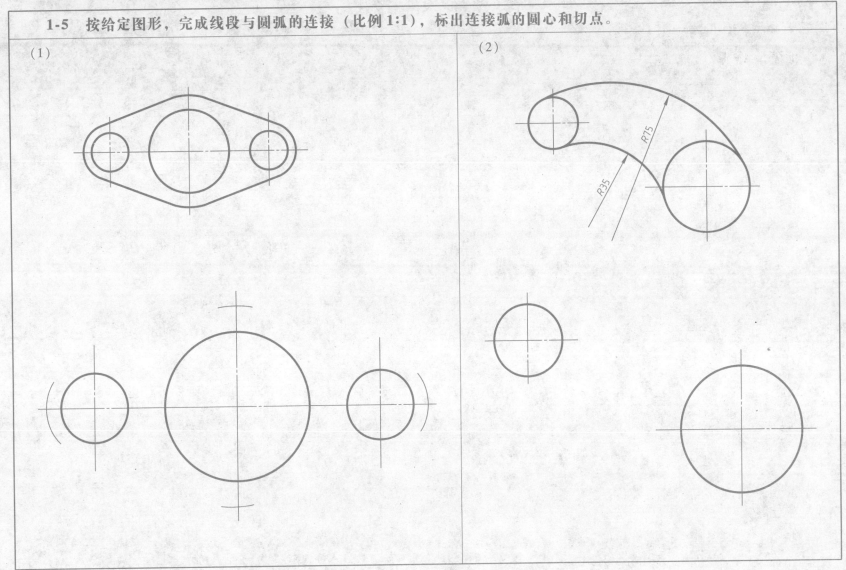

1-6　以比例1:1绘制图形。

（1）

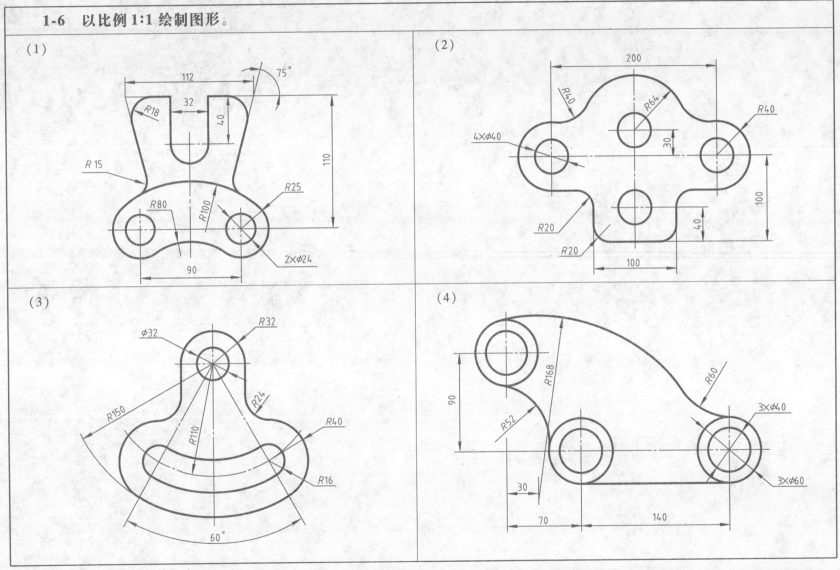

（2）

（3）

（4）

1-7 绘制图形。

（1）

（2）

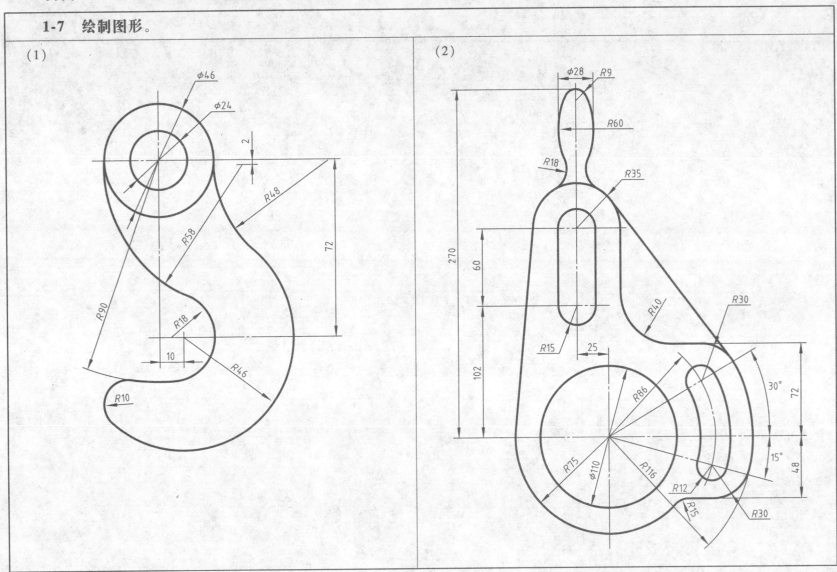

2-1 补画视图中的漏线。

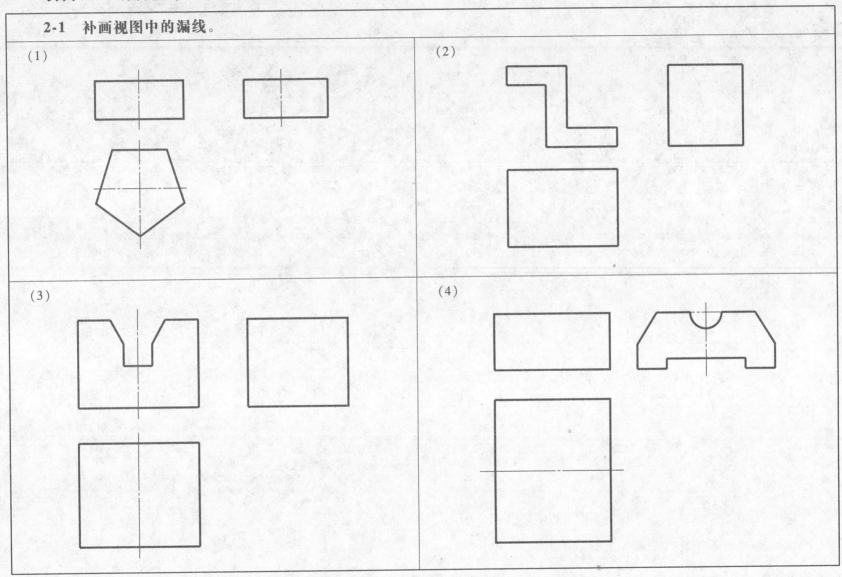

(1)

(2)

(3)

(4)

2-2 已知两视图，补画第三视图。

(1)

(2)

(3)

(4)

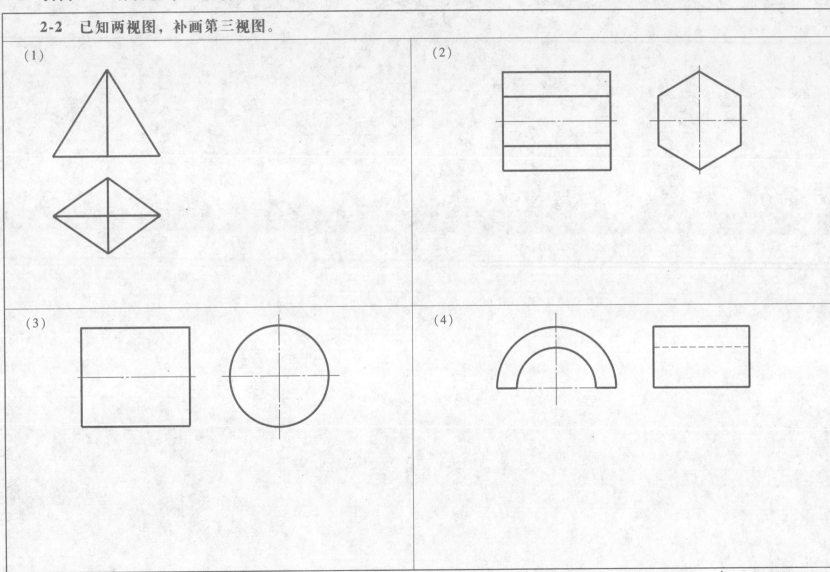

2-3 已知两视图，补画第三视图。

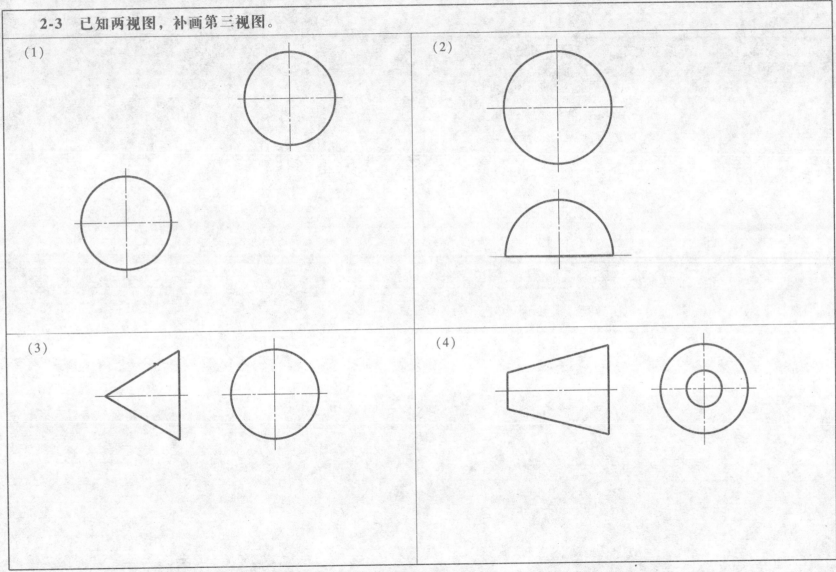

(1)

(2)

(3)

(4)

3-1　根据轴测图，补画视图中的漏线。

(1)

(2)

(3)

(4)

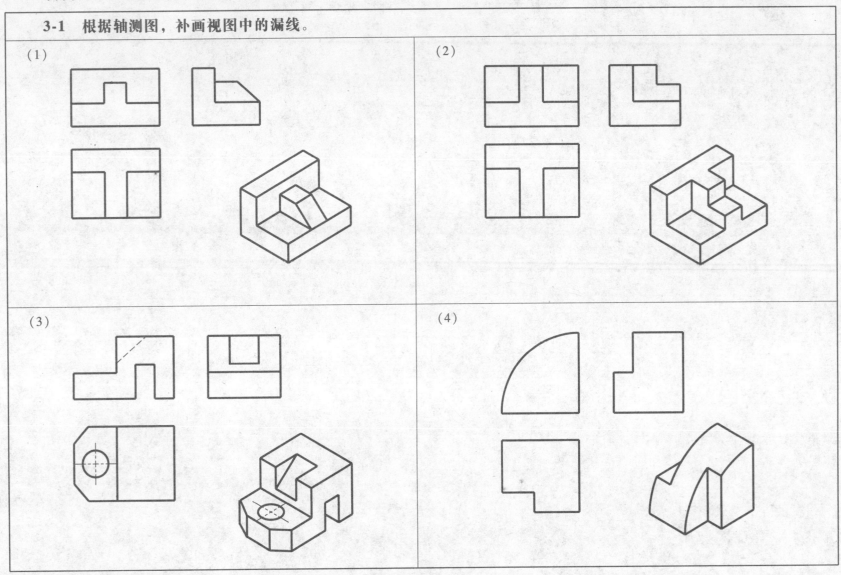

3-2 根据轴测图，画三视图（尺寸从轴测图上量取）。

（1）

（2）

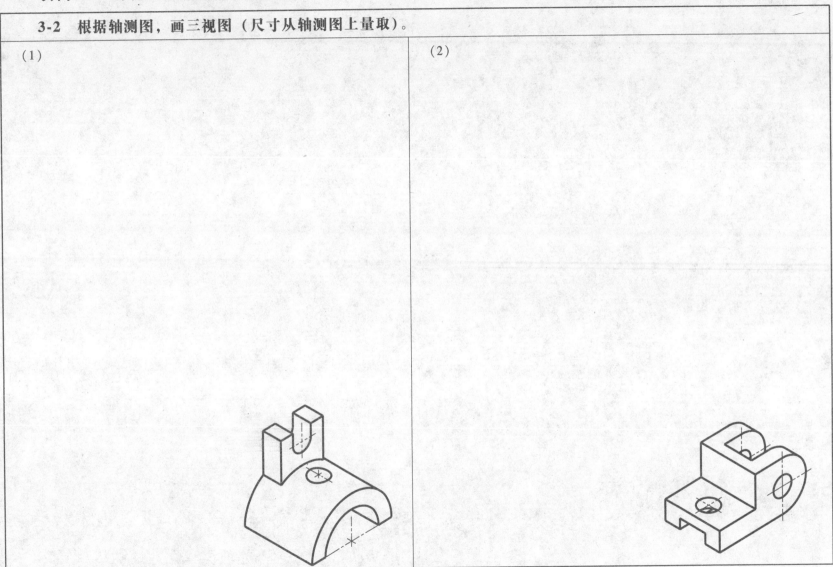

3-3 分析截交线的形状，补画第三视图。

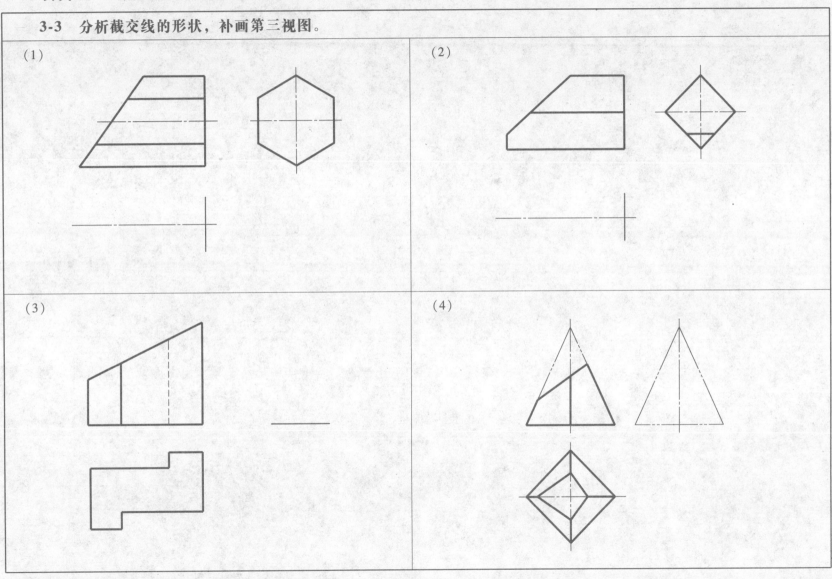

(1)

(2)

(3)

(4)

3-4 补画第三视图，并完善其他视图中的漏线。

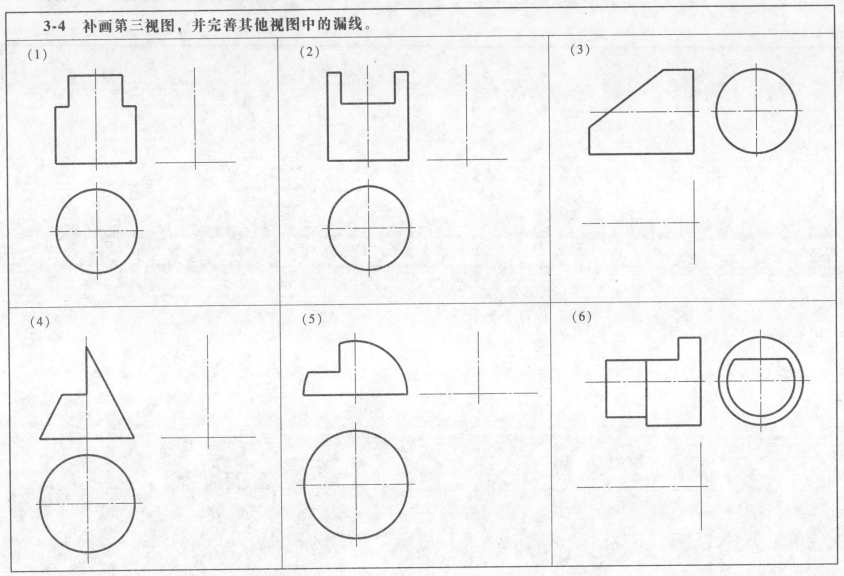

3-5 分析相贯线的投影，补画视图中的漏线。

(1)

(2)

(3)

(4)

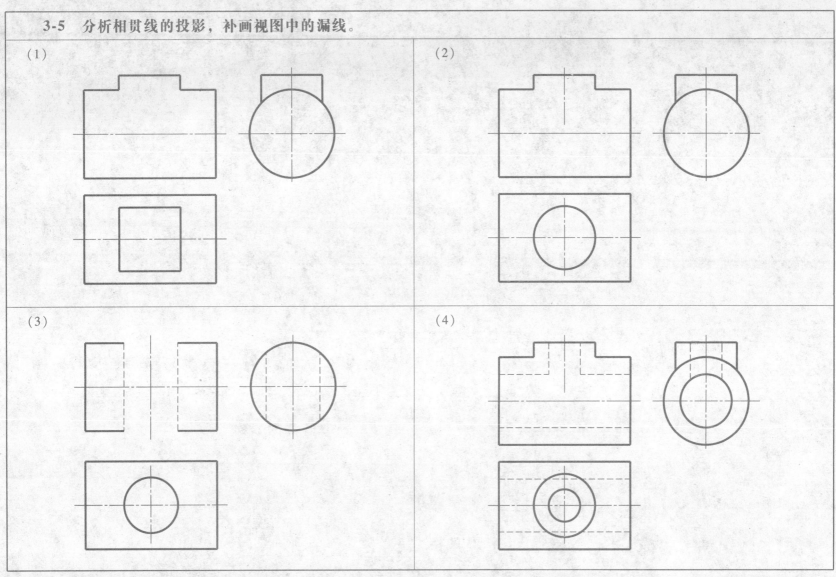

3-6　分析相贯线的投影，补画视图中的漏线。

(1)

(2)

(3)

(4)

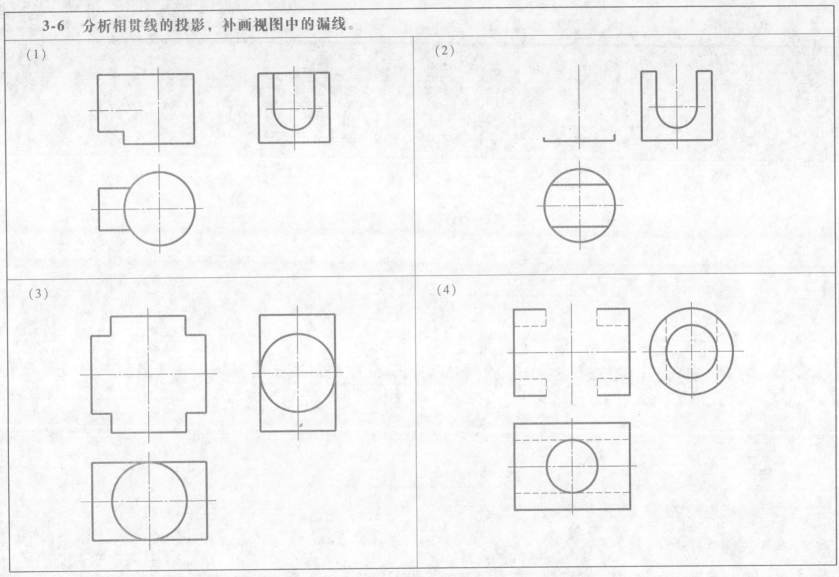

3-7　合理标注出组合体的尺寸。

（1）

（2）

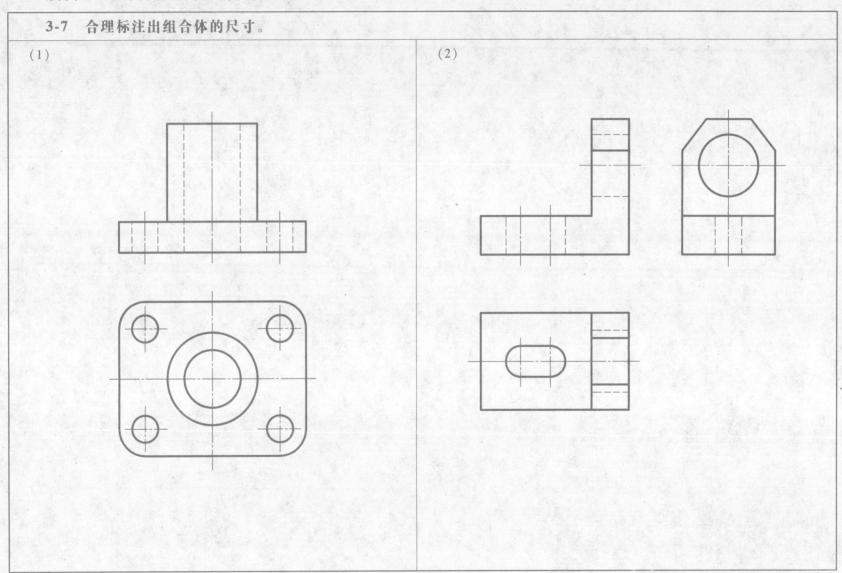

3-8 补画视图中的漏线。

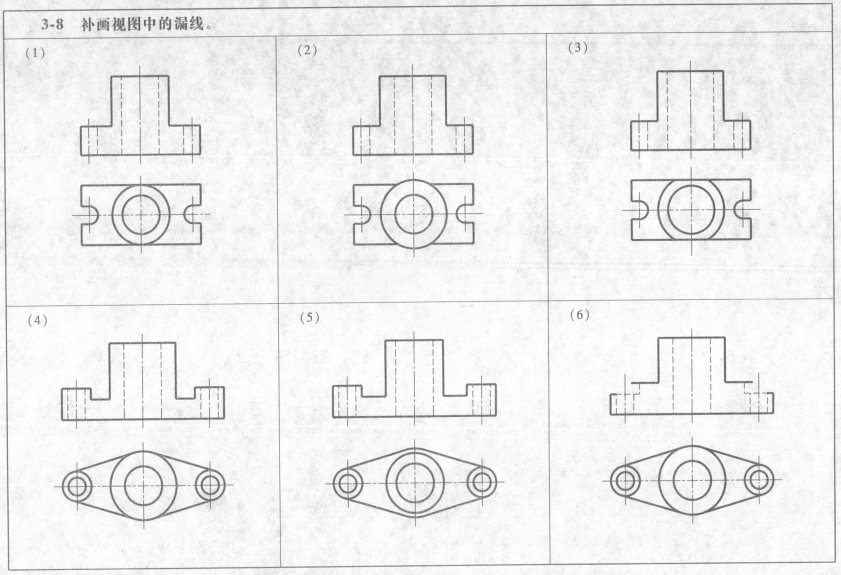

(1)

(2)

(3)

(4)

(5)

(6)

3-9 补画视图中的漏线。

(1)

(2)

(3)

(4)

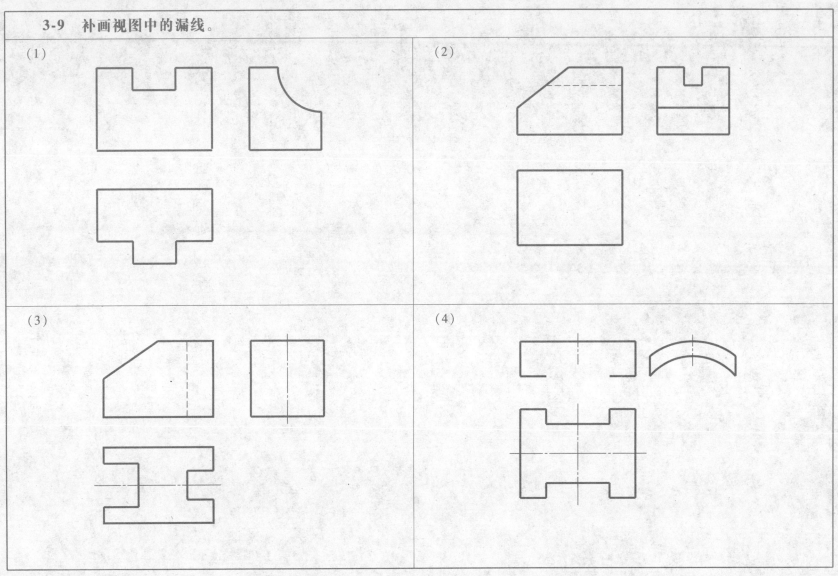

3-10 补画视图中的漏线。

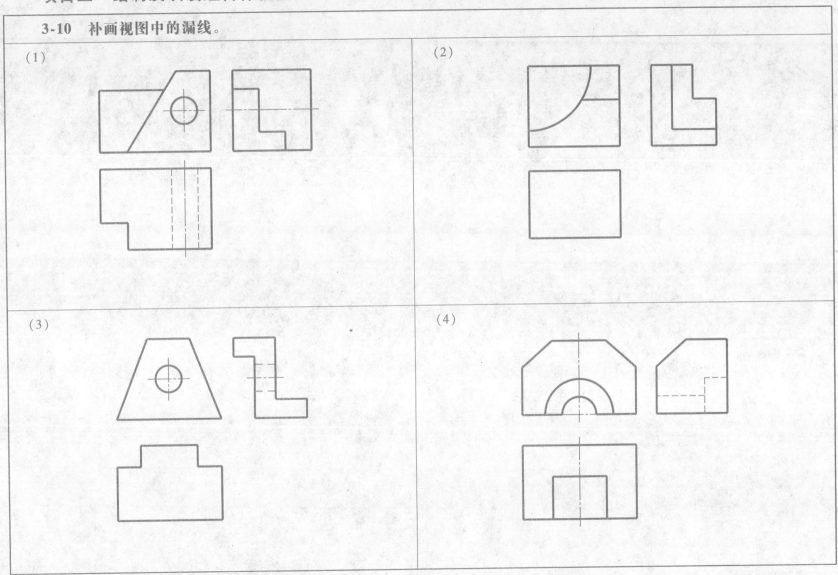

(1)

(2)

(3)

(4)

3-11 已知两视图,补画第三视图。

(1)

(2)

(3)

(4)

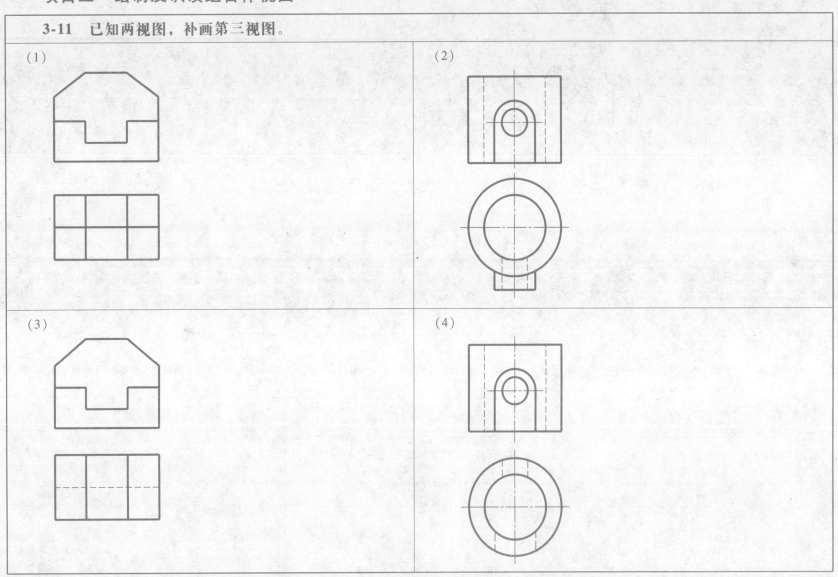

3-12 已知两视图，补画第三视图。

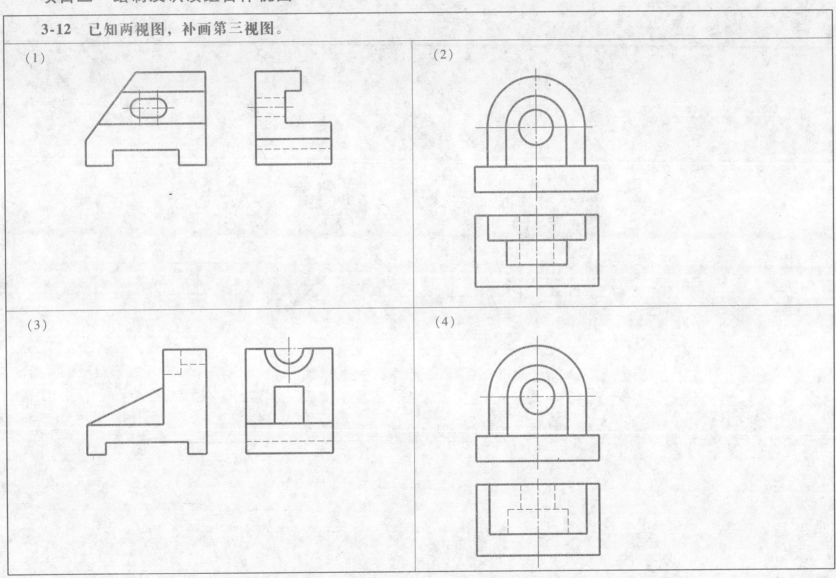

（1）

（2）

（3）

（4）

3-13　已知两视图，补画第三视图。

(1)

(2)

(3)

(4)

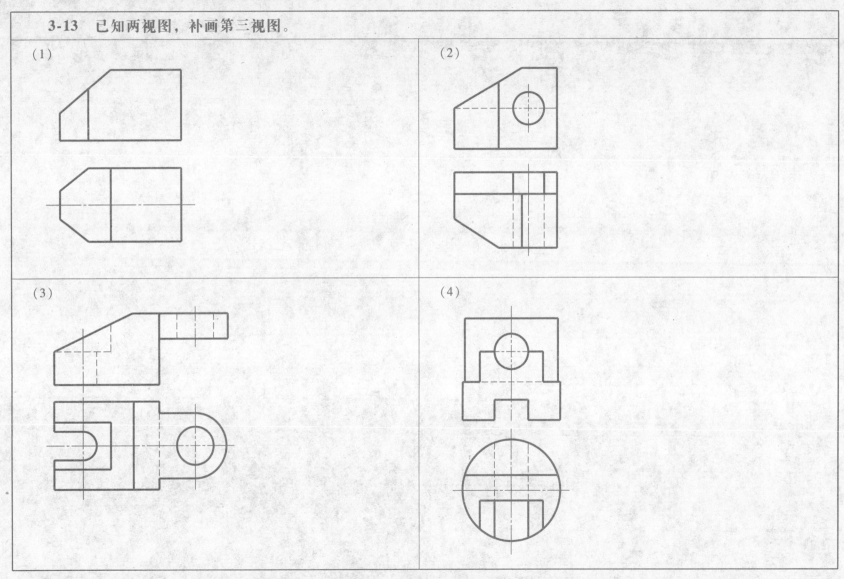

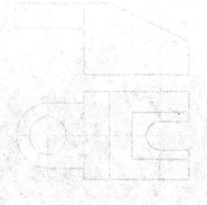

3-14 已知两视图，补画第三视图。

(1)

(2)

(3)

(4)

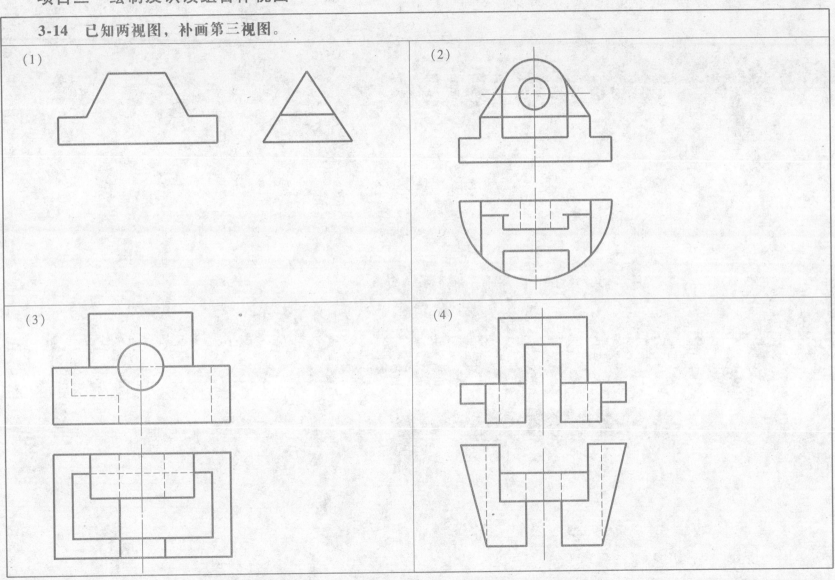

3-15 已知两视图，补画第三视图（个别视图有多种答案）。

(1)

(2)

(3)

(4)

4-1　绘制给定视图的正等轴测图。

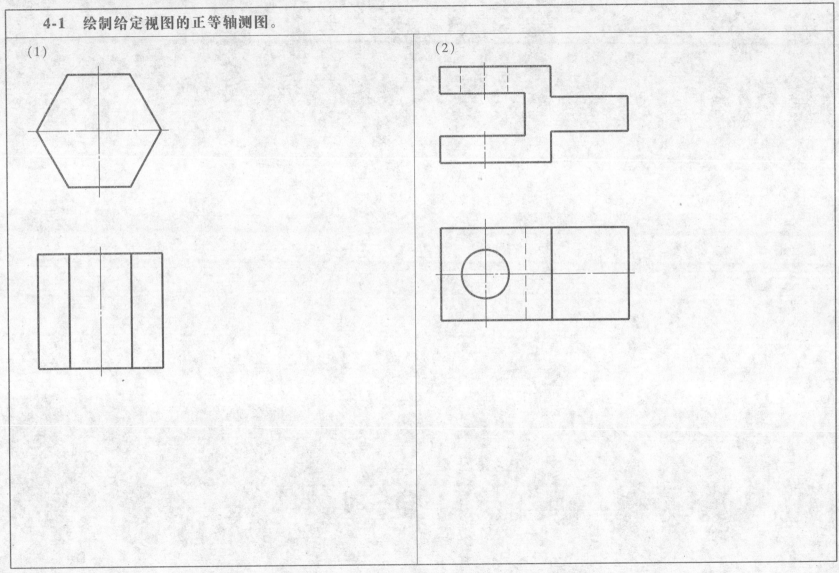

（1）

（2）

4-2　绘制给定视图的斜二等轴测图。

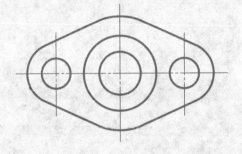

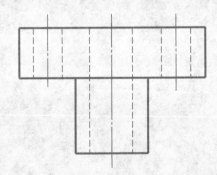

5-1　根据三视图，补画右视图、仰视图和后视图。

5-2　根据主、俯视图，补画左、右、仰、后视图。

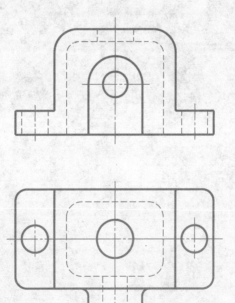

5-3　在指定位置作 *B* 向局部视图和 *A* 向斜视图。

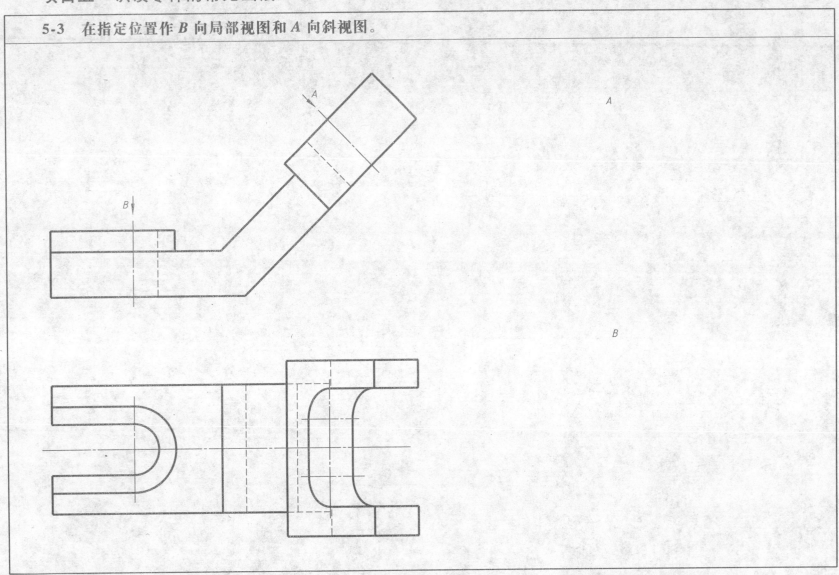

5-4 补画剖视图中所缺的图线。

(1)

(2)

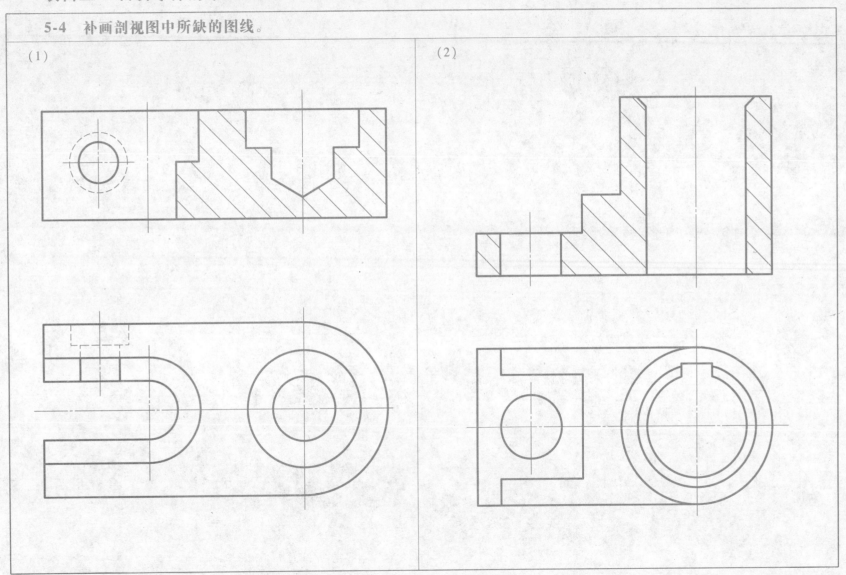

5-5 补画剖视图中所缺的图线。

(1)

(2)

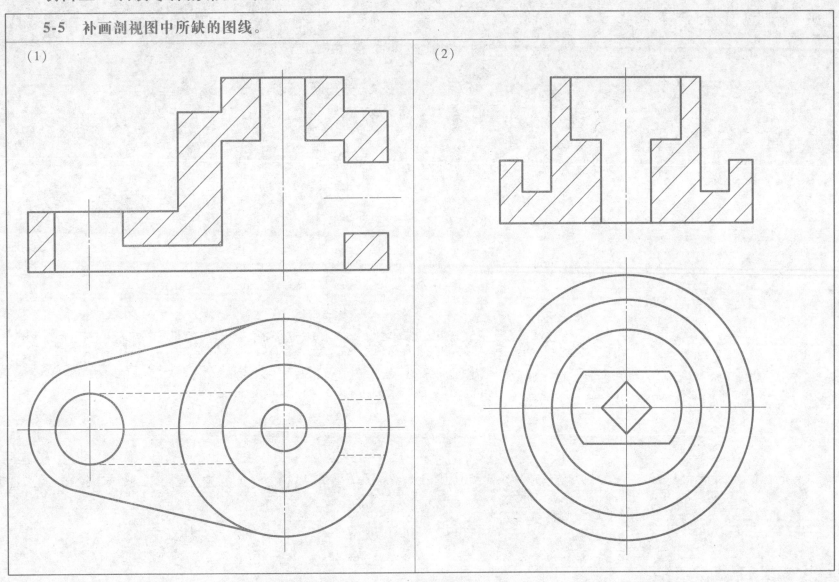

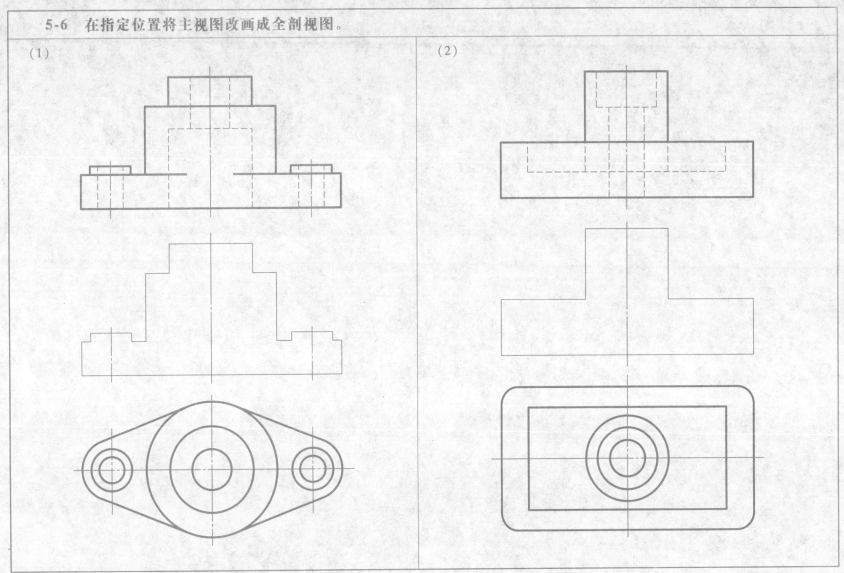

5-6　在指定位置将主视图改画成全剖视图。

（1）

（2）

5-7　用单一剖切面将主视图画成全剖视图。

（1）

（2）

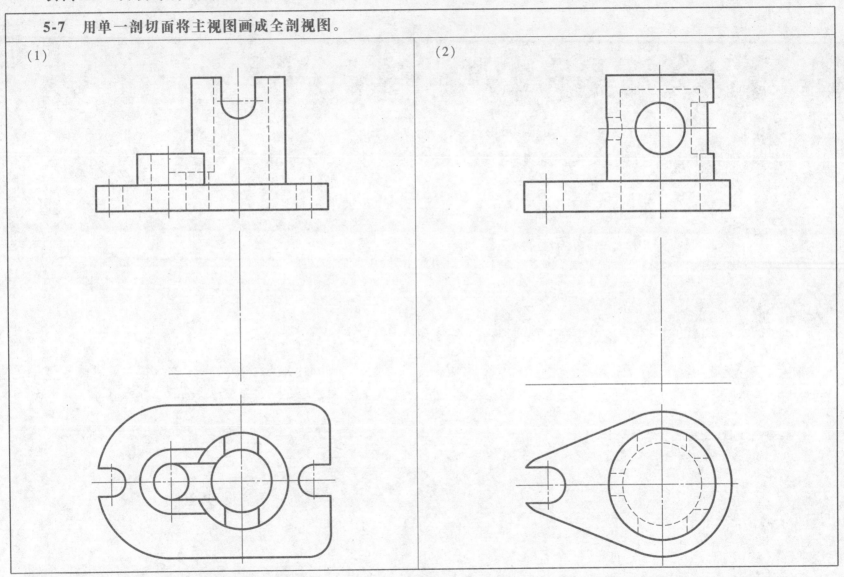

5-8　画出 A—A 剖视图。

5-9　用相交的剖切面将主视图画成全剖视图。

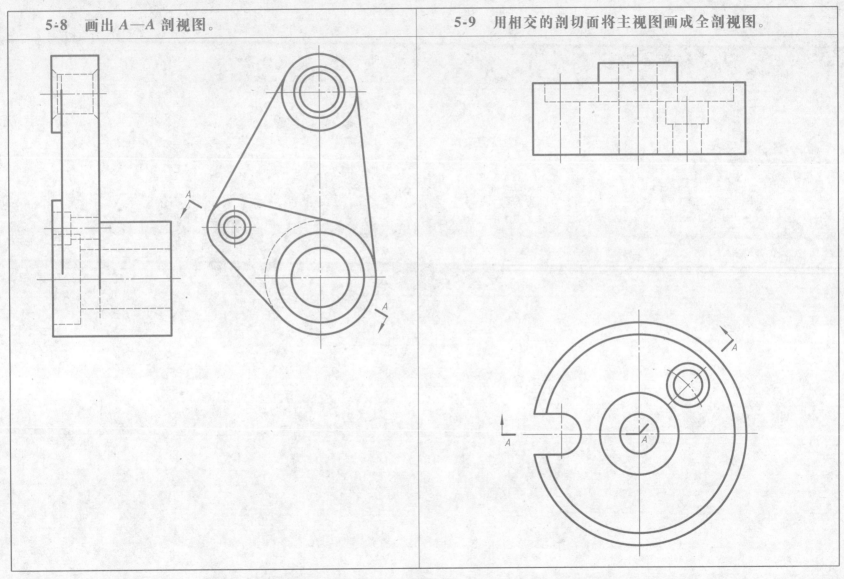

5-10　用相交的剖切面将主视图画成全剖视图。　　**5-11　画出 A—A 剖视图。**

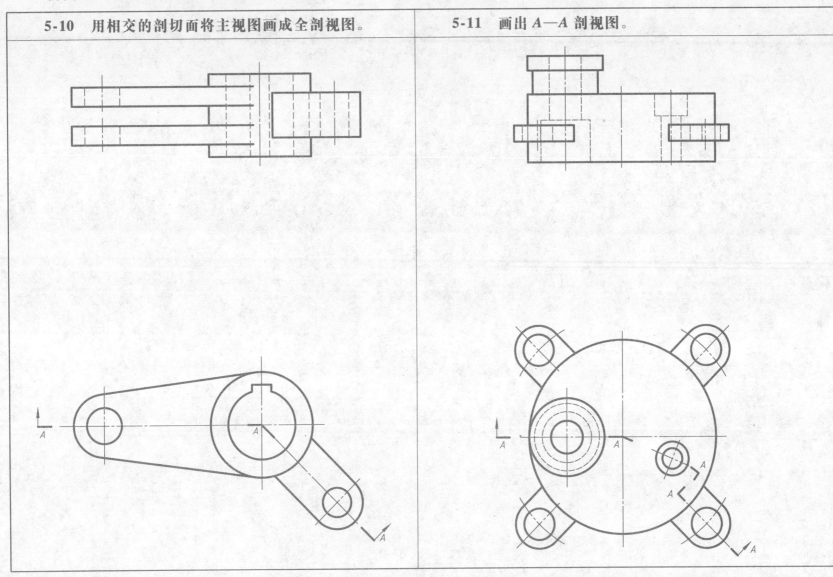

5-12　用几个平行的剖切平面，将主视图改画为全剖视图。

(1)

(2)

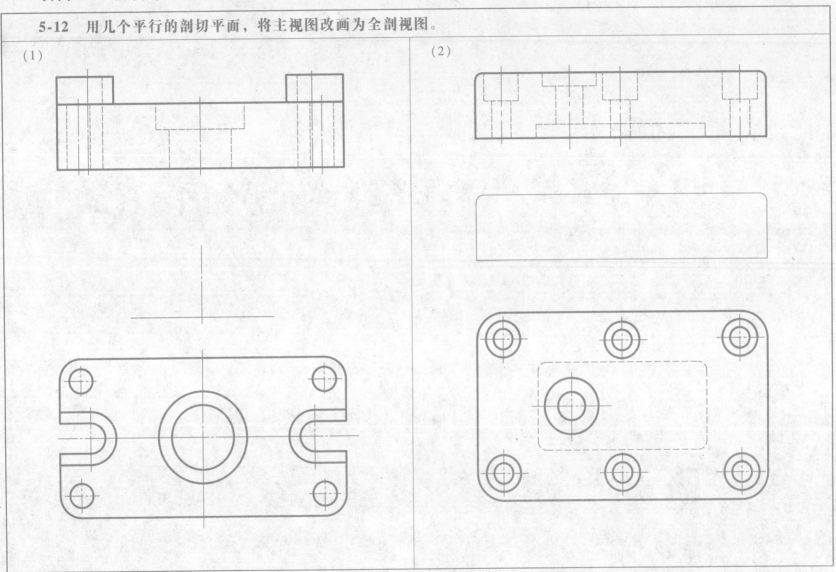

5-13　用几个平行的剖切平面，将主视图改画为全剖视图。

5-14　在指定位置画出 *A—A* 剖视图。

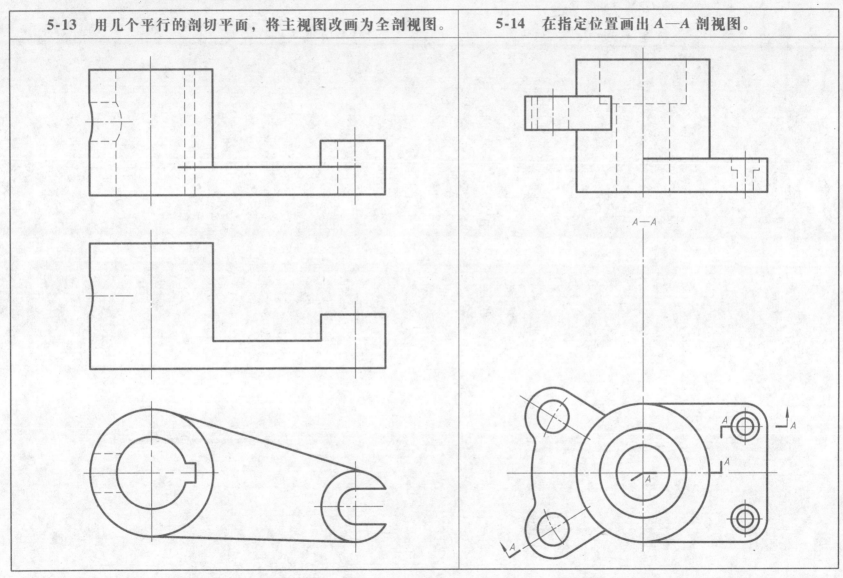

5-15 补画半剖的主视图中所缺的图线。

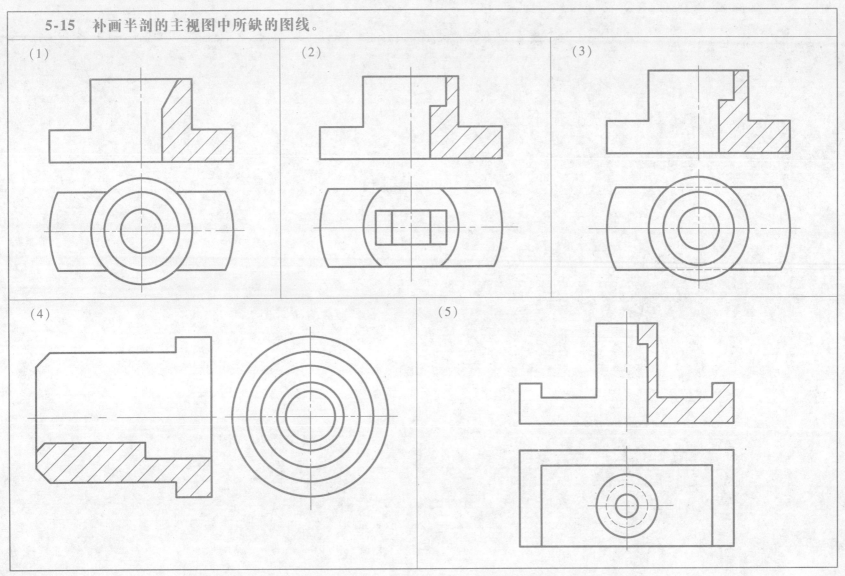

(1)

(2)

(3)

(4)

(5)

5-16　将视图改画成合适的局部剖视图（在原图上改，不要的线打"×"）。

(1)

(2)

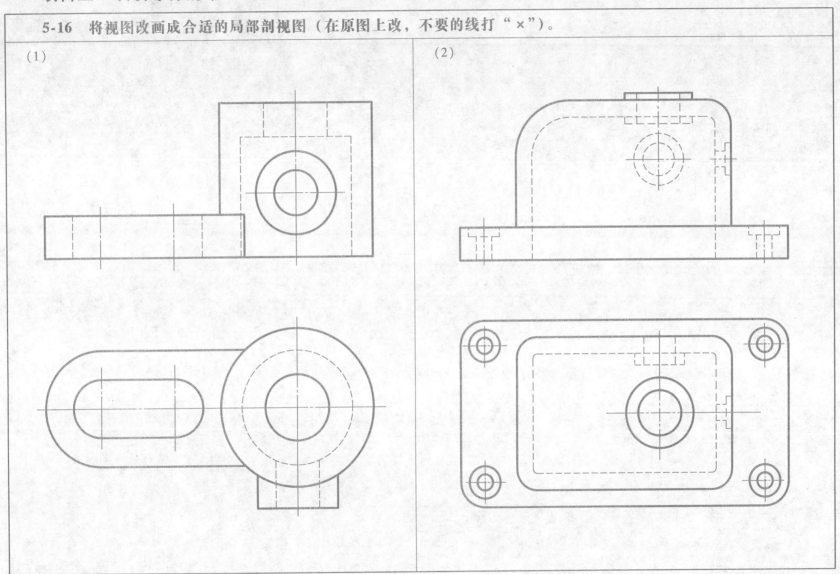

5-17 在指定位置画出轴的断面图（其中，在 B—B 处作重合断面图）。

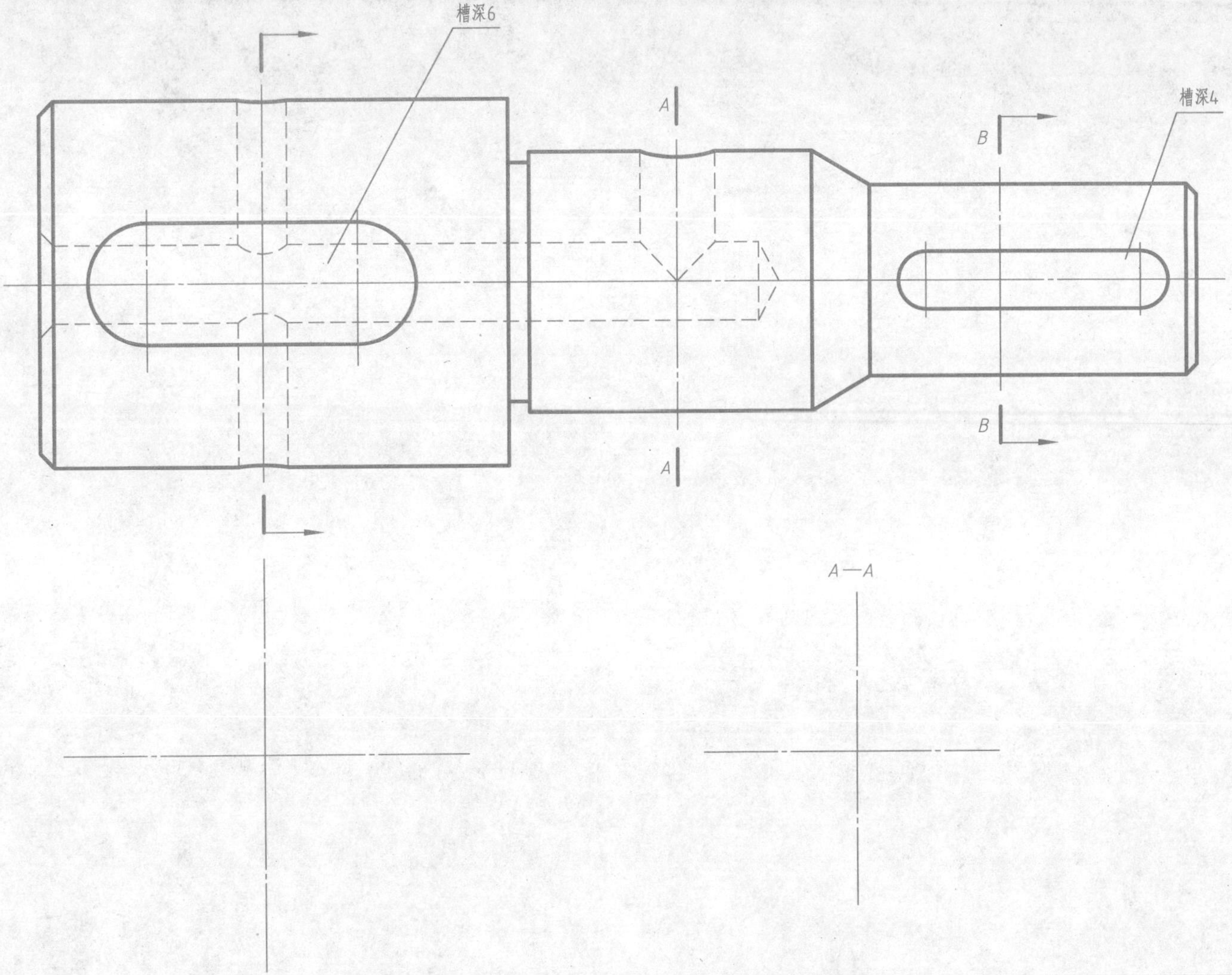

槽深6

A

B 槽深4

A

B

B

A—A

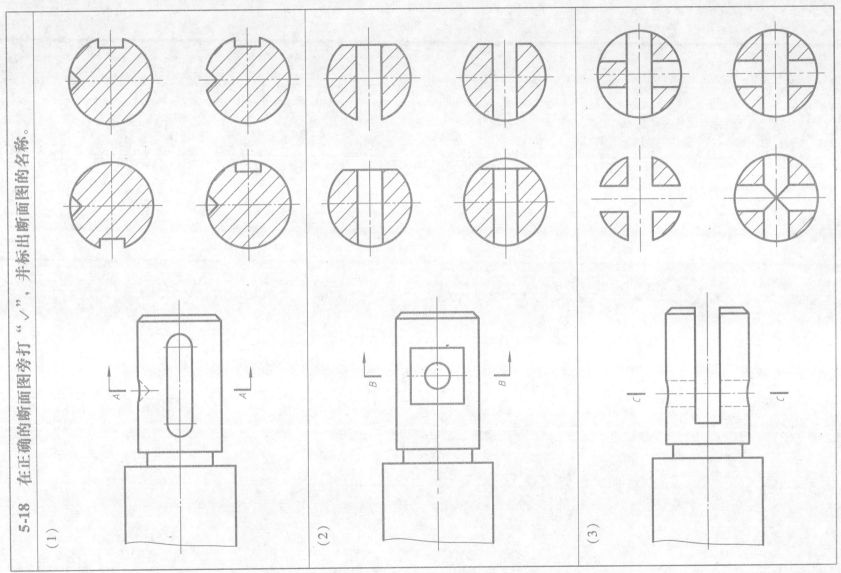

5-18 在正确的断面图旁打"√"，并标出断面图的名称。

(1)

(2)

(3)

5-19　将主视图画成全剖视图，在 A—A 处作移出断面图。

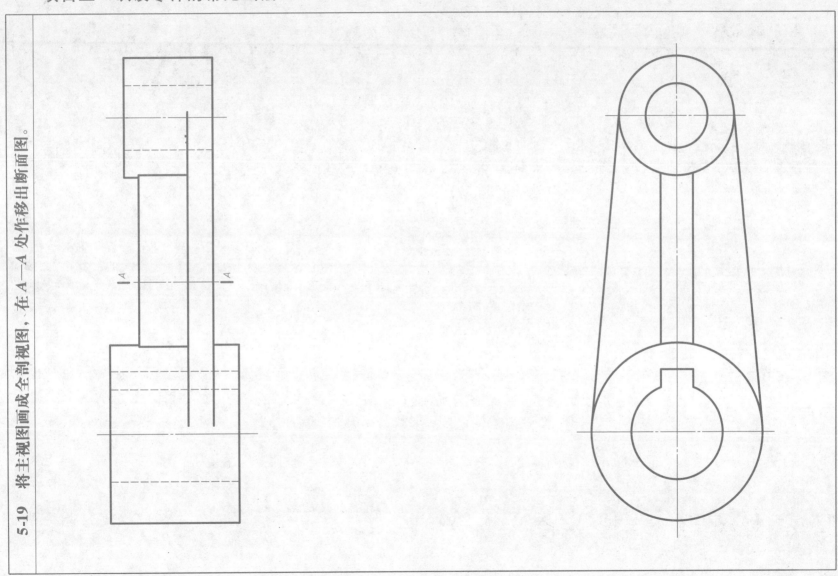

5-20　用简化画法将主视图画成全剖视图。

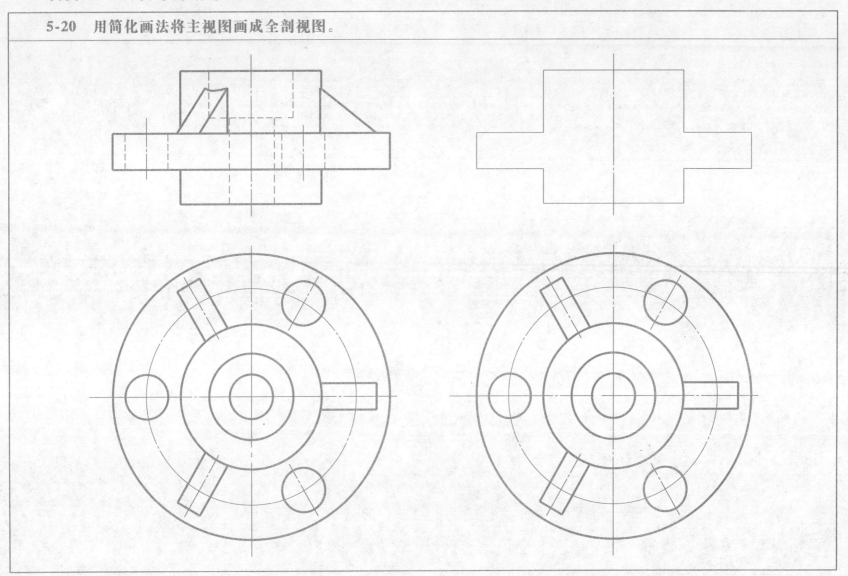

5-21　用简化画法将主视图画成全剖视图，并将俯视图改画成对称画法。

5-22　将下列视图画成适当剖视图。

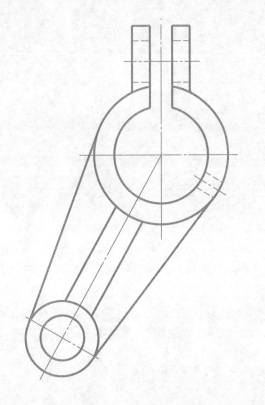

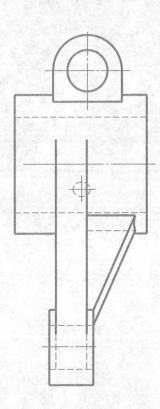

6-1 分析图中的错误，并在空白处画出正确的图形。

(1)

(2)

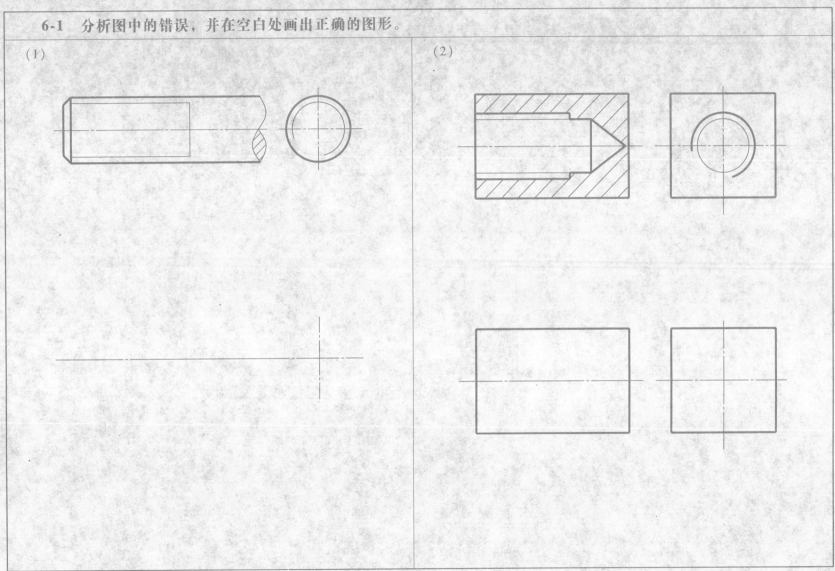

6-2   分析图中的错误，并在空白处画出正确的图形。

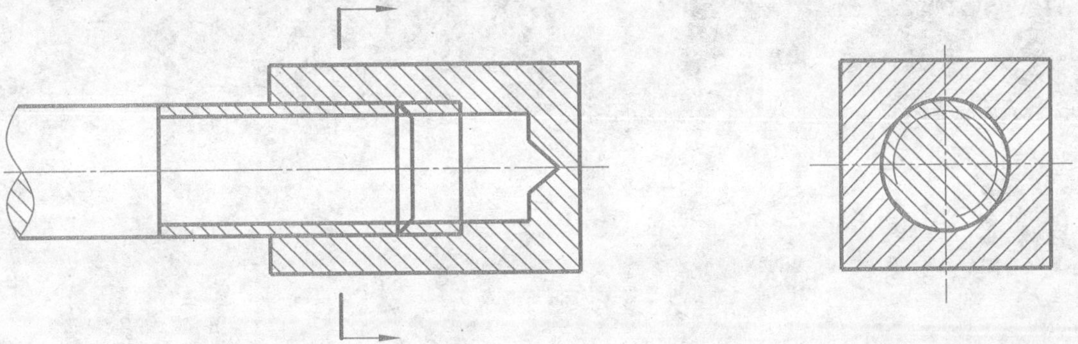

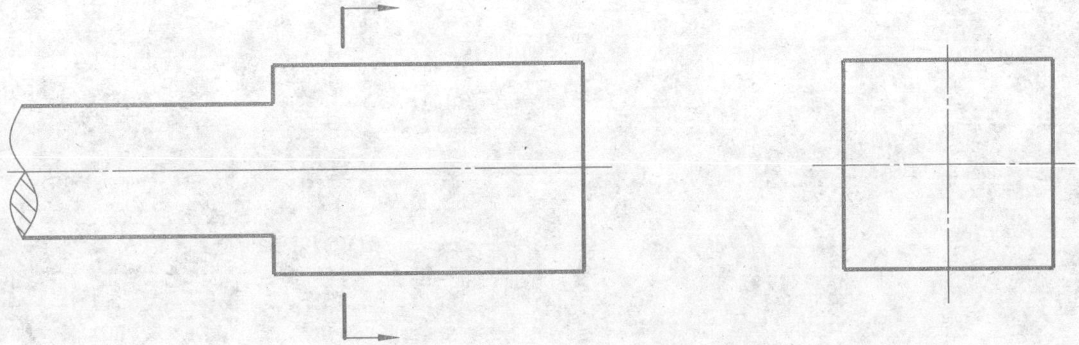

6-3　分析图中内六角圆柱头螺钉联接画法的错误，并在右边空白处画出正确的图形。

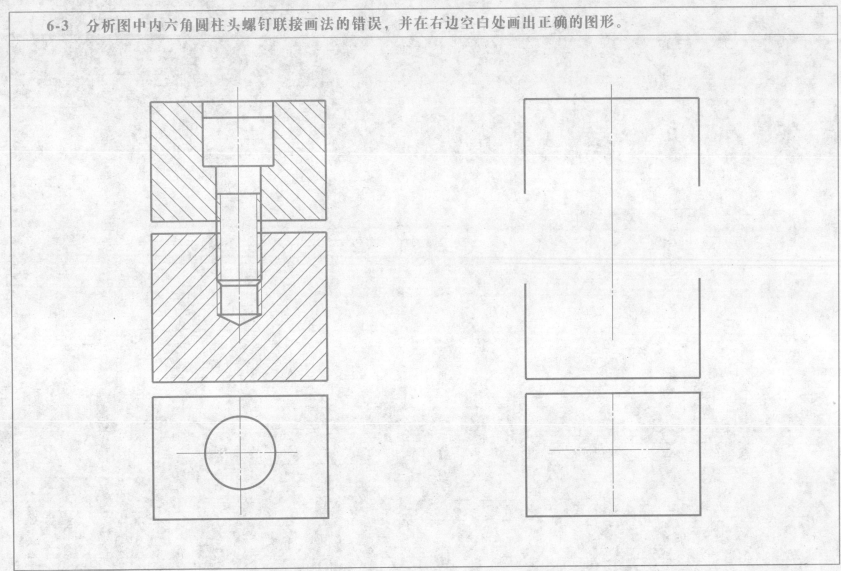

6-4 请选择正确的键联接画法。

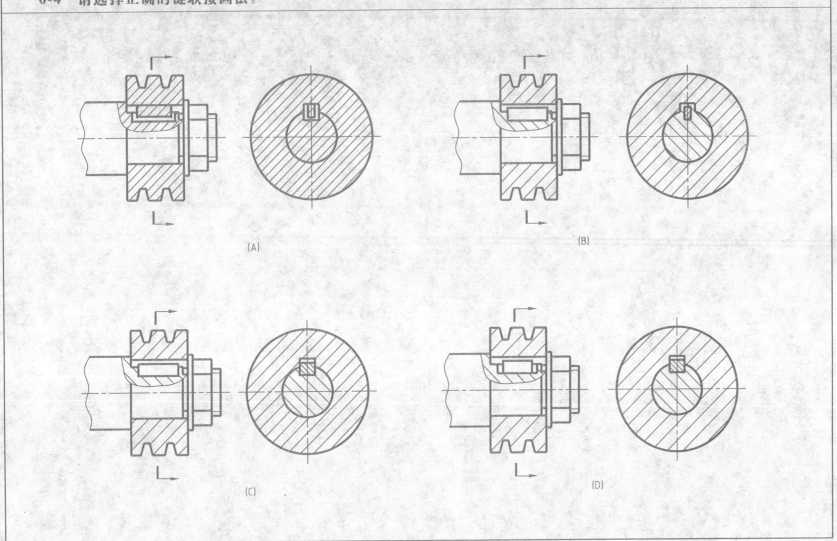

(A)

(B)

(C)

(D)

6-5　按要求画图。

（1）用销 GB/T 119.1—2000 20m6 ×40 画销联接图。

（2）已知齿轮模数 $m = 3$，齿数 $z = 25$，请画出该齿轮的视图。

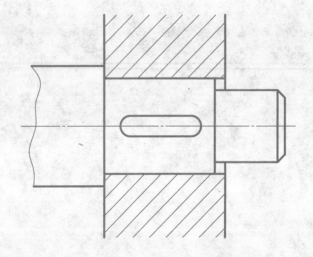

6-6　按要求画图。

（1）在轴上画出深沟球轴承 6205 GB/T 276—1994。

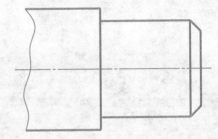

（2）已知圆柱螺旋压缩弹簧的线径为 6mm，中径为 45mm，节距为 12mm，自由长度为 85mm，右旋，支承圈为 2.5。请画出弹簧的全剖视图。

7-1　按要求在图上标注表面结构要求。

（1）把左图中的错误改正，并标注在右图上。

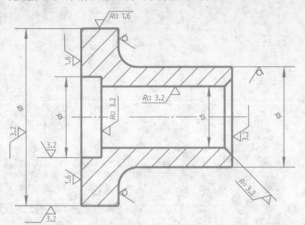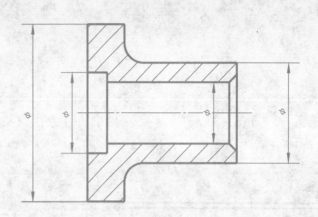

（2）根据给定的表面结构要求的 Ra 值，用代号标注在视图上。

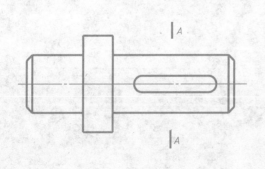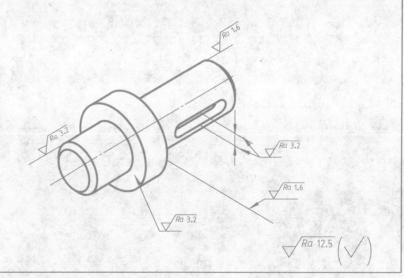

7-2　标注尺寸公差和配合

（1）根据装配图中的配合代号，将尺寸公差标注在相应的零件图上。

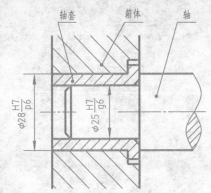
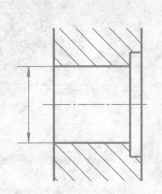
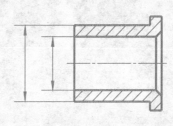
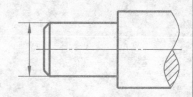

轴套　　箱体　　轴

$\phi 28 \dfrac{H7}{p6}$　　$\phi 25 \dfrac{H7}{g6}$

（2）根据零件图上的尺寸公差，将配合代号标注在相应的装配图中。

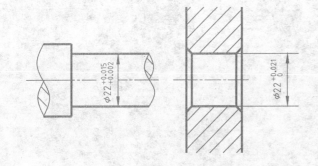
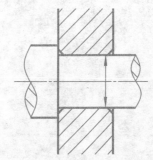

$\phi 22 {}^{+0.015}_{+0.002}$　　$\phi 22 {}^{+0.021}_{0}$

7-3　识读上模座的零件图，并回答问题。

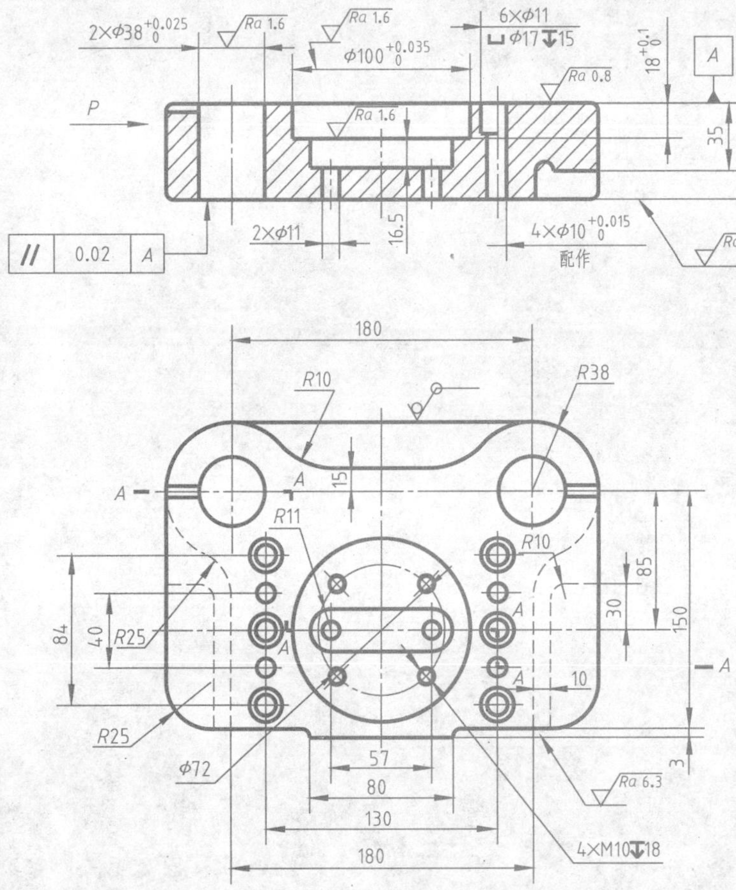

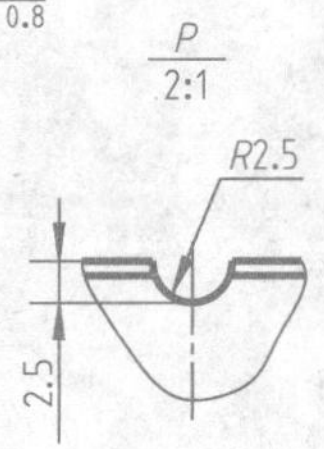

技术要求

1.未注圆角半径为3～5mm。

2.表面光滑平整，无明显凸凹缺陷。

3.零件加工前应进行人工时效。

4.导套孔应和导柱孔配制加工。

5.锐边倒角C0.5.

填空题：

1. 该零件的名称是_____，材料是_____，作图比例是_____。

2. 主视图采用了_____表达方法。

3. 尺寸 $6 \times \phi11 \sqcup \phi17 \downarrow 15$：柱形沉孔直径为____，柱形沉孔深____ mm，它的数量有____个，其中$\sqcup$是____符号，$\downarrow$是____符号。

4. 尺寸 $4 \times \phi10^{+0.015}_{0}$，孔的数量是____个，公称尺寸是____，上极限偏差是____，下极限偏差是____，公差是____，最大极限尺寸是____，最小极限尺寸是____。

5. P视图是____视图，2:1是（放大还是缩小）____。

6. $\boxed{ // \mid 0.02 \mid A }$ 的含义是：_____。

7. 上模座的上顶面的表面结构要求是____，左端面的表面结构要求是____，$2 \times \phi11$ 的光孔的表面结构要求是____。

8. 上模座的长度方向的尺寸基准是_____。

9. 图中未注明的圆角半径是_____ mm。

10. 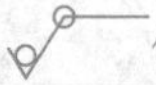 代表什么意思？

	材料	HT200	比例	1:1
上模座	数量		图号	
制图				
审核				

7-4　识读型芯的零件图，并回答问题。

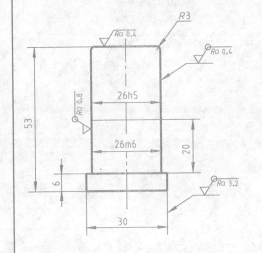

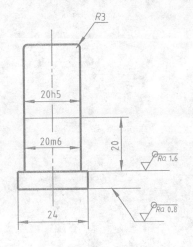

填空题：

1. 该零件的名称是_____，材料是_____。它是回转体吗？（填是或否）_____。

2. 视图中为什么要标注尺寸20？_____。

3. 尺寸20m6，公称尺寸是_____，公差代号是_____，公差等级是_____，基本偏差代号是_____。

4. 零件上顶面的表面结构要求是_____，下底面的表面结构要求是_____。

5. 该零件只用一个视图表达可以吗？为什么？_____。

6. 该零件的主视图是按什么原则来摆放的？_____。

7. 请在视图上指出长、宽、高三个方向的尺寸基准。

	型芯	材料	T8A	比例	2:1
		数量		图号	
制图					
审核					

7-5　识读冲孔圆凸模的零件图，并回答问题。

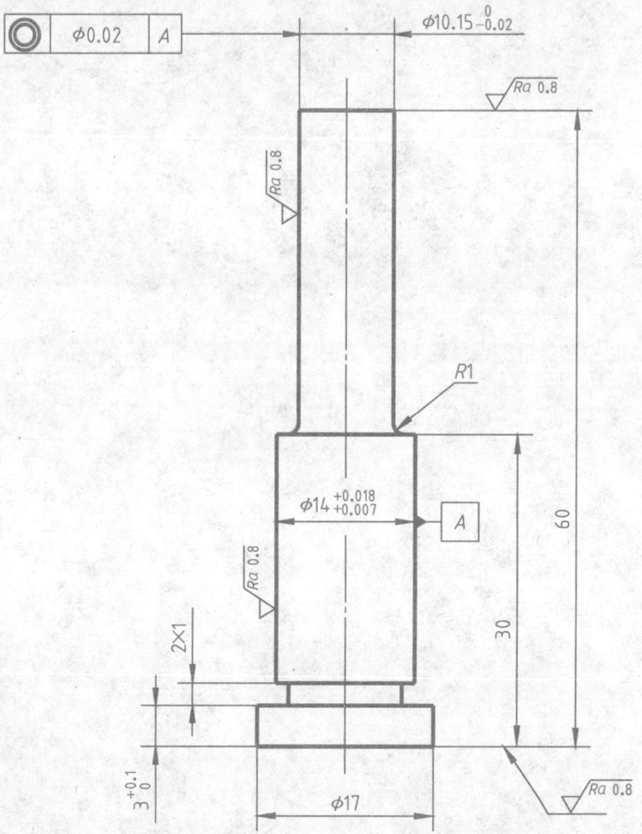

技术要求

1. 热处理38～42HRC。

2. 端部装后磨平。

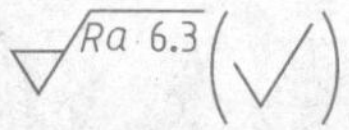

冲孔圆凸模	材料	T10A	比例	1:1
	数量		图号	
制图				
审核				

填空题：

1. 该零件的名称是_____，材料是_____。它是回转体吗？（填是或否）_____。

2. 视图中 2×1 代表什么意思？_____。

3. 尺寸 $\phi14^{+0.018}_{+0.007}$，公称尺寸是_____，上极限偏差是_____，下极限偏差是_____，公差代号是_____，公差等级是_____，基本偏差代号是_____。

4. 零件上顶面的表面结构要求是_____，下底面的表面结构要求是_____，$\phi17$ 圆柱面的表面结构要求是_____。

5. 该零件只用一个视图表达可以吗？为什么？

_____

6. 该零件的主视图是按什么原则来摆放的？_____。

7. ◎ $\phi0.02$ A 的含义是_____。

7-6　识读插板的零件图，并回答问题。

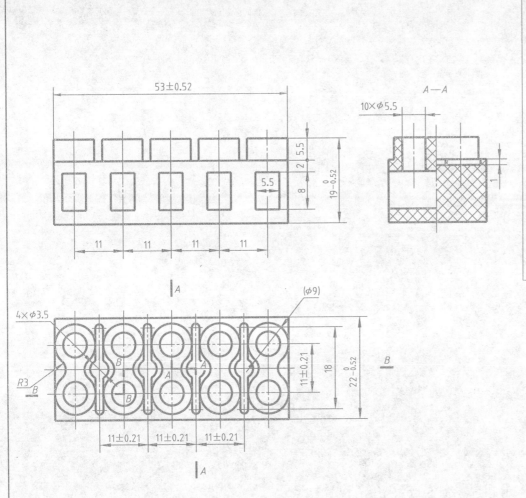

A—A

10×φ5.5

B—B

填空题：

1. 该零件的名称是 _____，材料是 _____，比例是 _____，左视图用了什么表达方法？ _____。

2. 视图中 10×φ5.5 代表什么意思？ _____；尺寸（φ9）为什么要加括号？ _____；主视图的长方形孔的定形尺寸有 _____ 和 _____；定位尺寸有 _____ 和 _____。

3. 尺寸 11±0.21，公称尺寸是 _____，上极限偏差是 _____，下极限偏差是 _____。

4. 请指出该零件的长、宽、高三个方向的尺寸基准。

5. 请在空白位置画出 B—B 位置的剖视图。

		材料	PC	比例	2:1
	插板	数量		图号	
制图					
审核					

7-7　识读凸模固定板的零件图，并回答问题。

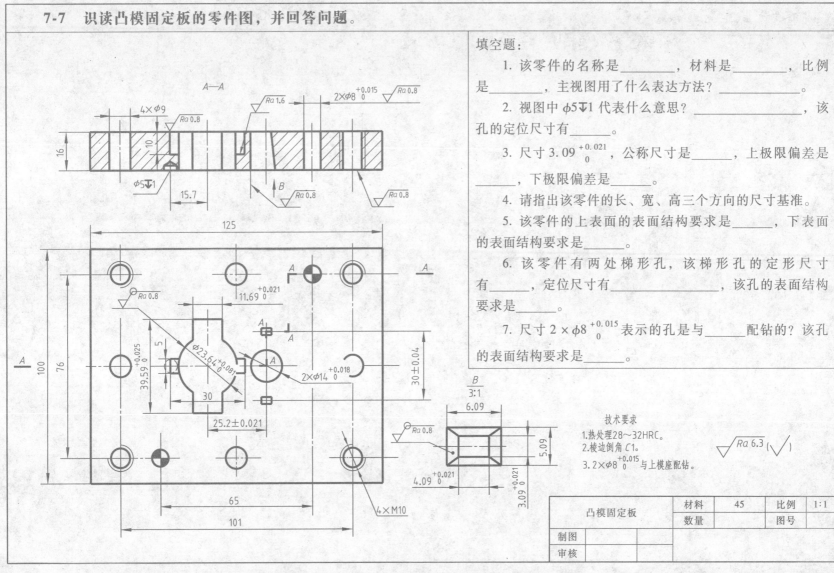

填空题：

1. 该零件的名称是_____，材料是_____，比例是_____，主视图用了什么表达方法？_____。

2. 视图中 $\phi 5\underline{\mathsf{\overline{T}}}1$ 代表什么意思？_____，该孔的定位尺寸有_____。

3. 尺寸 $3.09^{+0.021}_{0}$，公称尺寸是_____，上极限偏差是_____，下极限偏差是_____。

4. 请指出该零件的长、宽、高三个方向的尺寸基准。

5. 该零件的上表面的表面结构要求是_____，下表面的表面结构要求是_____。

6. 该零件有两处梯形孔，该梯形孔的定形尺寸有_____，定位尺寸有_____，该孔的表面结构要求是_____。

7. 尺寸 $2 \times \phi 8^{+0.015}_{0}$ 表示的孔是与_____配钻的？该孔的表面结构要求是_____。

技术要求
1.热处理28～32HRC。
2.棱边倒角 C1。
3.2×φ8$^{+0.015}_{0}$ 与上模座配钻。

$\sqrt{Ra\ 6.3}\ (\sqrt{})$

凸模固定板		材料	45	比例	1:1
		数量		图号	
制图					
审核					

8-1 识读落料模的装配图（一）。

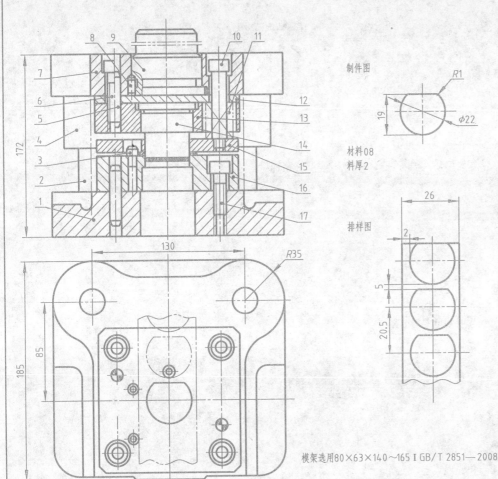

制件图

材料08
料厚2

排样图

模架选用80×63×140～165 I GB/T 2851—2008

17	GB/T 70.1—2008	螺钉 M10×40	4	
16		凹模	1	T10A
15		卸料板	1	45
14		凸模	1	T10A
13		固定板	1	45
12		垫板	1	45
11		弹簧	1	
10	JB/T 7650.6—2008	卸料螺钉 10×70	2	
9	JB/T 7646.1—2008	模柄 A 25×75	1	
8	GB/T 119.1—2000	销钉 φ6×15	1	HT150
7	GB/T 2855.1—2008	上模座	1	
6	GB/T 70.1—2008	螺钉 M10×50	4	Q235
5	GB/T 119.1—2000	销钉 φ10×40	4	Q235
4	GB/T 2861.3—2008	导套	2	
3	JB/T 7649.10—2008	导（档）料销 A 6	3	45
2	GB/T 2861.1—2008	导柱	2	
1	GB/T 2855.2—2008	下模座	1	
序号	代号	名称	数量	材料	备注

落料模	班级		比例	1:1
	学号		图号	
制图				
审核				

8-2　识读落料模的装配图（二）。

读落料模装配图，回答下面问题：

1. 装配图上有 4 个视图，分别是＿＿＿＿＿视图、＿＿＿＿＿视图、＿＿＿＿＿视图、＿＿＿＿＿视图。其中俯视图采用了＿＿＿＿＿画法。

2. 装配图的主视图按＿＿＿＿＿位置摆放；主视图的方向是＿＿＿＿＿；主视图按＿＿＿＿＿工作状态绘制。

3. 装配图上标注的尺寸有＿＿＿＿＿＿＿＿＿＿＿＿＿＿＿。

4. 模具的闭合高度为＿＿＿＿＿ mm。

5. 属于上模部分的零件有（填上零件序号）＿＿＿＿＿＿＿＿＿＿＿；属于下模部分的零件有＿＿＿＿＿＿＿＿＿＿＿。

6. 件 8 在模具中所起的作用是＿＿＿＿＿＿＿＿＿＿＿＿＿＿。

7. 装配体名称是＿＿＿＿＿，由＿＿＿＿＿种零件所组成，其中件 14 的名称是＿＿＿＿＿，它的数量是＿＿＿＿＿，材料是＿＿＿＿＿。

8. 主视图的模柄采用了＿＿＿＿＿画法。

9. 模具采用的标准模架的规格是＿＿＿＿＿＿＿＿＿＿＿。

8-3　识读方形盒二次分型塑料注射模的装配图（一）。

24		推板	1	T8A	
23		推杆固定板	1	Q235	
22	GB/T 70.1—2008	螺钉 M8×32	4	Q235	
21		导套	2	T8A	
20		推杆	4	45	
19		导柱	2	T8A	
18		型芯	1	T8A	
17		定距螺钉	2	45	
16		型芯固定板	1	T10A	
15		定距拉杆	2	45	
14	GB/T 70.1—2008	螺钉 M6×20	2	T10A	
13		浇口套	1	45	
12		浇口套定位板	1	45	
11		制件	4	ABS	
10		导套	4	T8A	
9		导套	4	T8A	
8		定模座板	1	HT150	
7		型腔	1	T8A	
6		推件板	1	45	
5		导柱	4	20	
4		垫板	1	45	
3		垫块	2	45	
2	GB/T 68—2000	螺钉 M12×155	4	45	
1		动模座板	1	45	
序号	代号	名称	数量	材料	备注

塑料注射模	班级		比例	1:1
	学号		图号	
制图				
审核				

8-4 识读方形盒二次分型塑料注射模的装配图（二）。

读注射模装配图，回答下面的问题：

1. 装配图上有 3 个视图，分别是_____视图、_____视图、_____视图。其中俯视图采用了_____画法。

2. 装配图的主视图按_____位置摆放；主视图的方向是_____；主视图按_____工作状态绘制。

3. 装配图上标注的尺寸有_____。

4. 模具的闭合高度为_____ mm。

5. 属于上模部分的零件有（填上零件序号）_____；属于下模部分的零件有_____。

6. 件 15 在模具中所起的作用是_____。

7. 装配体名称是_____，由_____种零件组成，其中件 20 的名称是_____，它的数量是_____，材料是_____。

8. 件 2 把什么零件连接起来了？_____。

9. 件 17 在模具工作过程中起到什么作用？_____。

10. 件 1 的总长与总宽各是多少？_____。

8-5 根据钻模的零件图和装配示意图，绘制装配图（一）。

作 业 提 示

1. 图纸幅面 A3。

2. 尺寸标注

（1）性能尺寸 模座方孔尺寸 20H9，模体尺寸 24H9，套筒的内径尺寸 ϕ14H7。

（2）装配尺寸 套筒 4 与模体 2 的配合尺寸为 ϕ22H7/n6，把手 5 与模体 2 的螺纹联接尺寸为 M12-6H/5g，圆柱销 6 与模体 2 的配合尺寸为 ϕ6H7/m6，圆柱销 6 与模座 1 的配合尺寸为 ϕ6H7/m6。

（3）总体尺寸 自行计算。

3. 技术要求

（1）应注意避免碰伤装配体零件。

（2）装配后把手应能转动灵活。

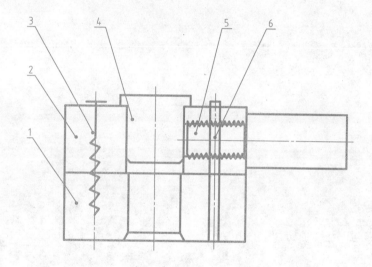

序号	名称	数量	材料	代号
1	模座	1	HT150	
2	模体	1	HT150	
3	螺钉 M6×40	2	Q235	GB/T 68—2000
4	套筒	1	40Cr	
5	把手	1	Q235	
6	销 6×40	2	Q235	GB/T 119.1—2000

8-6 根据钻模的零件图和装配示意图，绘制装配图（二）。

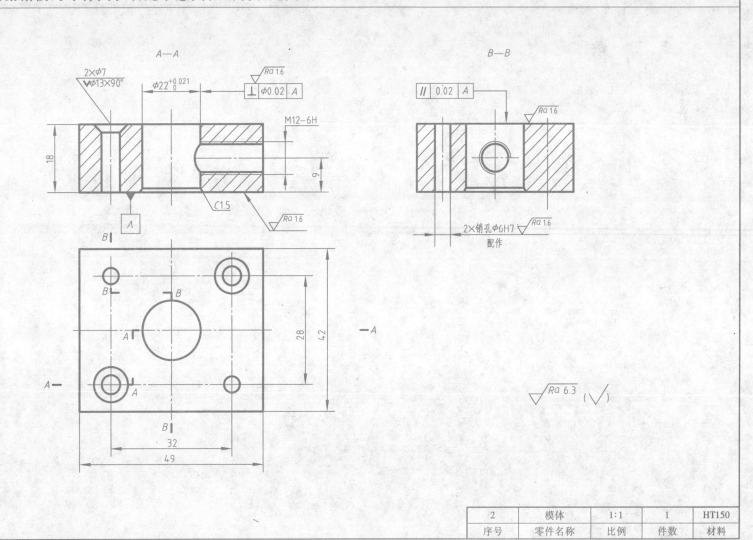

2	模体	1:1	1	HT150
序号	零件名称	比例	件数	材料

班级　　　　　　姓名　　　　　　序号

8-7　根据钻模的零件图和装配示意图，绘制装配图（三）。

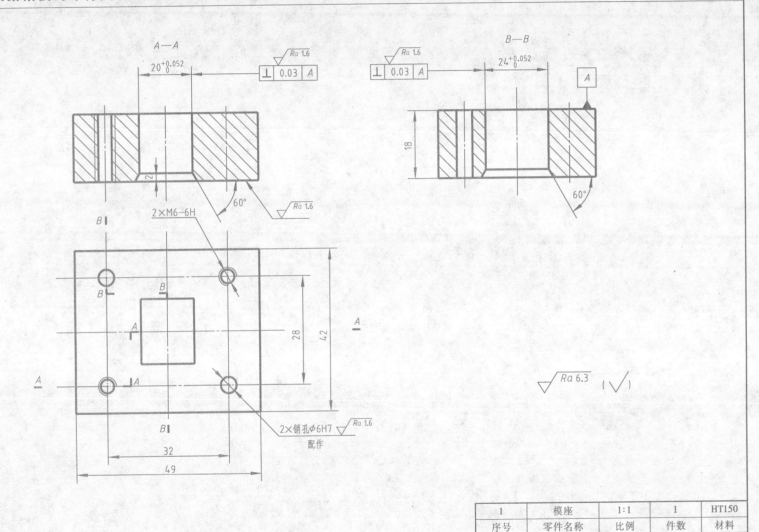

1	模座	1:1	1	HT150
序号	零件名称	比例	件数	材料

8-8　根据钻模的零件图和装配示意图，绘制装配图（四）。

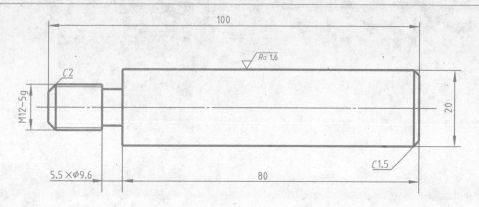

5	把手	1:1	1	Q235
序号	零件名称	比例	件数	材料

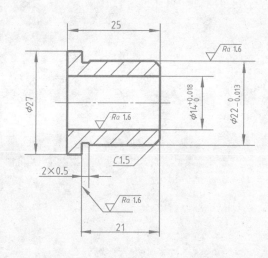

4	套筒	1:1	1	40Cr
序号	零件名称	比例	件数	材料

9-1 补画视图。

（1）补画右视图。

（2）补画主视图。

（3）补画右视图。

（4）补画右视图。

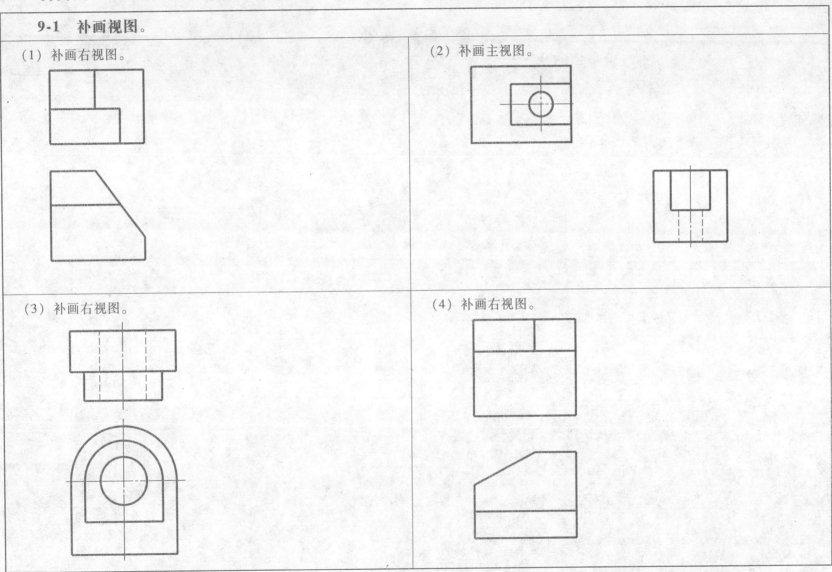

9-2　补画视图。

（1）补画右视图。

（2）补画俯视图。

9-3　补画视图。

（1）补画俯视图。

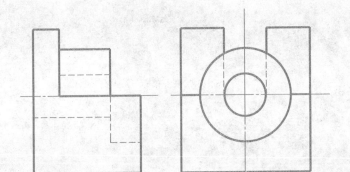

（2）将主视图改画成局部剖视图。

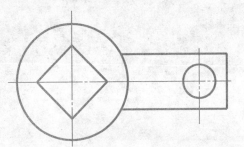

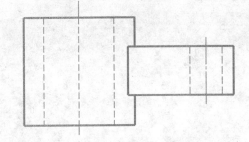

9-4　已知两视图，补画右视图的全剖视图。

(1)　　　　　　　　　　　　　　　　　　　　　　　(2)

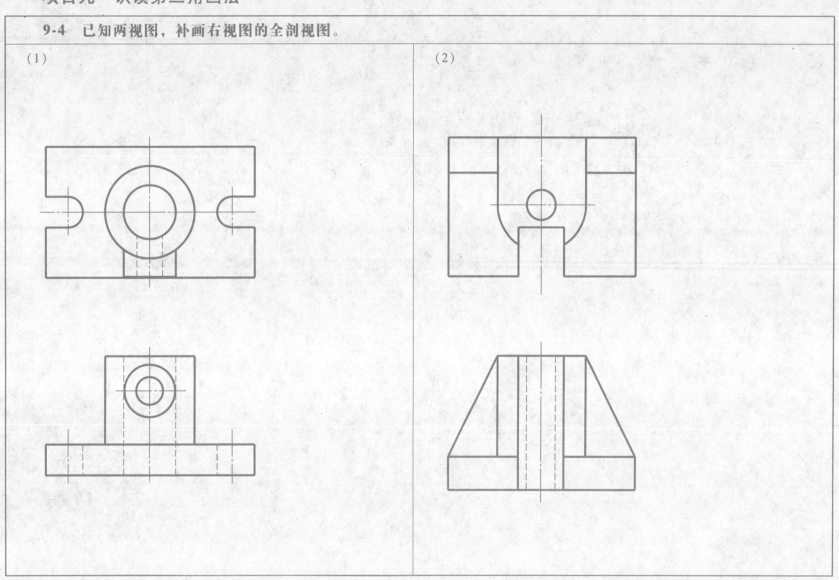